玉茗堂還寃記目錄卷下

玉茗堂還魂記卷下

清暉閣原本

快雨堂
冰絲館　重刊

第三十二齣　冥誓

【月雲高】（生上）暮雲金闕、風旛淡搖拽、但聽的鐘聲絕、早則是心兒熱、紙帳書生、有分氳蘭麝、喒時還早、蕩花陰、單則把月痕遮、（整燈介）溜風光、穩護著燈兒爇、（笑介）好書讀易盡、佳人期未來、前夕美人到此、竝不隄防、姑姑攪擾、今宵趁他未來之時、先到雲堂之上

著處元殷

攀話一回免生疑惑（作掩門行介）此處留人戶半斜

天呵俺那有心期在那些（下）

【前腔】（魂旦上）孤神害怯佩環風定夜（驚介）則道是人

行影原來是雲偷月（到介）這是柳郎書舍了呀柳郎

何處也閃閃幽齋弄影燈明滅魂再豔燈油接情一

點燈頭結（嘆介）奴家和柳郎幽期除是人不知鬼都

知道（泣介）竹影寺風聲怎的遮黃泉路夫妻怎當賒

待說何曾說如顰不奈顰把持花下意猶恐夢中身

奴家雖登鬼錄未損人身陽祿將回陰數已盡前日

爲柳郎而死今日爲柳郎而生夫婦分緣去來明白

今宵不說只管人鬼混纏到甚時節只怕說時柳郎

那一驚呵也避不得了正是夜傳人鬼三分話早定

夫妻百歲恩

【懶畫眉】（生上）畫闌風擺竹橫斜（内作鳥聲驚介）驚鴉

閃落在殘紅榭呀門兒開也玉天仙光降了紫雲車

（旦出迎介）柳郎來也（生揖介）姐姐來也（旦）剔燈花這

喈望郎爺（生）直恁的志誠親姐姐（旦）秀才等你不來

俺集下了唐詩一首（生）洗耳（旦念介）擬託良媒亦自

此處從小姑姑身上一醋更覺烟瀾

昨日仔壓去得妙也須詰說兩句

明、昧、如、燈、火、恰妙

傷。秦韜玉 月寒山色兩蒼蒼。薛濤 不知誰唱春歸曲。曹唐 又向人間魅阮郎。劉言史 (生)姐姐高才、(旦)柳郎、這更深何處來也、(生)昨夜被姑姑敗興、俺乘你未來之時、去姑姑房頭看了他動定、好來迎接你、不想姐姐今夜來恁早哩、(旦)盼不到月兒上也、

太師引(生)歎書生何幸遇仙提揭、比人間更志誠清切、乍溫存笑眼生花、正漸入歡腸啖蔗、前夜那姑姑呵、恨無端風雨把春抄截、姐姐呵、悞了你半宵周折、累了你好回驚怯、不嗔嫌一徑的把斷紅重接、

瑣寒窗(旦)是不隄防他來的啅嗻嚇的箇魂兒收不迭、仗雲搖月躲、畫影人遮、則沒揣的溢道邊兒閃人一跌。自生成不慣、這磨滅險些些風聲揚播到俺家爺。先喫了俺狠尊慈痛決、(生)姐姐費心、因何錯愛小生至此、(旦)愛的你一品人才、(生)姐姐敢定了人家、

太師引(旦)並不曾受人家紅定迴鸞帖、(生)喜箇甚樣人家、(旦)但得箇秀才郎情傾意愜、(生)小生到是箇有情的、(旦)是看上你年少多情、迤逗俺睡魂難貼、(生)姐姐、嫁了小生罷、(旦)怕你嶺南歸客路途賒、是做小伏

梅柳

文章風水都要顧祖迴龍

卻似六朝書札

難道不偷拜月

也不可少

低難說（生）小生未曾有妻、（旦笑介）少甚麼舊家根葉著俺異鄉花艸塡接、敢問秀才堂上有人麼、（生）先君官爲朝散、先母曾封縣君、（旦）這等是衙內了、怎恁婚遲、

鎖寒牕（生）恨孤单飄零歲月、但尋常稔色誰沾藉、那有箇相如在客肯駕香車蕭史無家便同瑤闕似你千金笑等閒拋泄憑說便和伊青春才貌恰爭些、怎做的露水相看仳別、（旦）秀才有此心、何不請媒相聘、也省的奴家爲你擔慍受怕、（生）明早敬造尊庭拜見

令尊令堂方好問親於姐姐、（旦）到俺家來只好見奴家要見俺爹娘還早、（生）這般說姐姐當眞是那樣門庭、（旦笑介）（生）是怎生來、

紅衫兒看他溫香艷玉神淸絕人間迴別、（旦）不是人間難道天上、（生）怎獨自夜深行邊廂少侍妾、且說箇貴表尊名、（旦歎介）（生背介）他把姓字香沉敢怕似飛瓊漏洩、姐姐不肯洩漏姓名、定是天仙了、薄福書生、不敢再陪歡宴、儘仙姬留意書生、怕逃不過天曹罰折、

小生下增說字
小生燒的香

【前腔】【旦】道奴家天上神仙列、前生壽折、【生】不是天上
難道人間、【旦】便作是私奔、悄悄何妨說、【生】不是人間、
則是花月之妖、【旦】正要你掘艸尋根、怕不待勾辰就
月、【生】是怎麼說、【旦】欲說又止介【生】不明白辜負了幽期、
話到尖頭又咽。【相思令】【生】姐姐、你千不說萬不說直
恁的書生不酬決。更向誰邊說。【旦】待要說、如何說、秀
才、俺則怕聘則為妻奔則妾。受了盟香說。【生】你要小
生發願、定為正妻、便與姐姐拈香去、
【滴溜子】【生旦同拜】神天的、神天的、盟香滿爇、柳夢梅、

柳夢梅南安郡舍遇了、這佳人提挈、作夫妻、生同室
死同穴、口不心齊、壽隨香滅、【旦】泣介【生】怎生弔下淚
來、【旦】感君情重、不覺淚垂、
【鬧樊樓】你秀才郎為客偏情絕、料不是虛脾把盟誓
撇、哎、話弔在喉嚨、剪了舌、囑東君在意者、精神打貼、
暫時間奴兒迴避趄、些兒待說、你敢撲懺忪害跌。【生】
怎的來、【旦】秀才、這春容得從何處、【生】太湖石縫裏、【旦】
比奴家容貌爭多、【生】看驚介可怎生一箇粉撲兒、【旦】
可知道、奴家便是畫中人也、【生】合掌謝畫介小生燒說

到哩下該增眞箇到了不差不差氷絲館云此評未免太拙

的香到哩姐姐你好歹表白一些兒、
啄木犯【旦】柳衙內聽根節、杜南安原是俺親爹、【生】呀、
前任杜老先生陞任揚州、怎麼丟下小姐、【旦】你剪了
燈、【生剪燈介】【旦】剪了燈餘話堪明滅、【生】且請問芳名、
青春多少、【旦】杜麗娘小字有庚帖年華二八正是婚
時節、【生】是麗娘小姐俺的人那、【旦】衙內奴家還未是
人、【生】不是人是鬼、【旦】是鬼也、【生驚介】怕也怕也、【旦】靠
邊些聽俺消詳說話在前敎伊休害怯、俺雖則是小
鬼頭人半截、【生】姐姐因何得回陽世而會小生、
佛、經、

你是俺俺妻俺也也不害怕了再加二字少不得期期寒栗

有人非人等

前腔【旦】雖則是陰府別看一面千金小姐、是杜南安
那些枝葉、注生妃央及煞回生帖化生娘點活了殘
生劫。你後生兒蘸定俺前生業。秀才你許了俺爲妻
眞切。少。不。得。冷骨頭著疼熱。【生】你是俺妻俺也不害
俺、也
怕了、難道便請起你來怕似水中撈月、空裏拈花、
三段子【旦】俺三光不滅、鬼胡由還動迭、一靈未歇潑
殘生堪轉折、秀才可請經典、是人非人心不別是幻
非幻如何說、雖則似空裏拈花、却不是水中撈月、【生】
旣然雖死猶生、敢問仙墳何處、【旦】記取太湖石梅樹

高妙

又帶諢

即在詩餘亦當上坐氷絲館加評此古今至文元理禪理無所不包詩餘何足論也快雨堂亦一生

一株、

前腔【旦】愛的是花園後節節夢孤清、梅花影斜、熟梅時節爲仁兒心酸那些、【生】怕小姐別有走跳處【旦】歎介便到九泉無屈折、銜幽香一陣昏黃月【生】好不冷、【旦】凍的俺七魄三䰟僵做了三貞七烈【生】則怕驚了小姐的䰟怎好、

鬬雙雞【旦】花根木節、有一箇透人間路穴、俺冷香肌、早偎的半熱、你怕驚了呵、悄䰟飛越、則俺見了你回心心不滅【生】話長哩、【旦】暢好是一夜夫妻、有的是三

生話說、【生】不煩姐姐再三、只俺獨力難成、【旦】可與姑姑計議而行、【生】未知深淺怕一時開攢不徹、

登小樓【旦】咨嗟、你爲人爲徹、俺砌籠棺勾有三尺疊、你點剛鍬和俺一謎掘就裏陰風瀉瀉、則隔的陽世些些、【內雞鳴介】

鮑老催【旦】咳、長眠人一向眠長夜、則道雞鳴枕空設、今夜呵、夢回遠塞荒雞咽、覺人間風味別、曉風明滅子規聲容易吹殘月、三分話纔做一分說、

耍鮑老【旦】俺丁丁列列、吐出在丁香舌、你拆了俺丁

擊節

快雨堂云按宮譜鮑老催要鮑老俱互異今姑仍之

莊子

妙

又轉丁脚妙

妙

香結須粉碎俺丁香節休殘慢須急節俺的幽情難盡說（內風起介）則這一剪風動靈衣去了也（旦急下生驚癡介）奇哉奇哉柳夢梅做了杜太守的女壻敢是夢也待俺來回想一番他名字杜麗娘年華二八死葬後園梅樹之下啐分明是人道交感有精有血怎生杜小姐顛倒自己說是鬼（旦又上介）衙內還在此（生）小姐怎又回來（旦）奴家還有丁寧你既以俺爲妻可急視之不宜自誤如或不然妾事已露不敢再來相陪願郎留心勿使可惜妾若不得復生必痛恨君於九泉之下矣

尾聲（旦跪介）柳衙內你便是俺再生爺（生跪扶起介旦）一點心憐念妾不著俺黃泉恨你你只罵的俺一句鬼隨邪（旦作鬼聲下回顧介）（生弔場低語介）柳夢梅著鬼了他說的恁般分明恁般悽切是無是有只得依言而行和姑姑商量去

夢來何處更爲雲（李商隱）惆悵金泥簇蝶裙（韋氏子）

欲訪孤墳誰引至（劉言史）有人傳示紫陽君（熊孺登）

第三十三齣 祕議

捎打

遶地遊　淨上　芙蓉冠帔、短髮難簪繫、一爐香鳴鐘叩齒、

訴衷情　風微臺殿響笙簧、空翠冷霓裳、池畔藕花深處、清切夜聞香、○人易老、事多妨、夢難長、一點深情、三分淺土、半壁斜陽、俺這梅花觀、爲著杜小姐而建、當初杜老爺分付陳教授看管、三年之內、則見他收取祭租、並不常川行走、便是杜老爺去後、謊了一府州縣士民人等許多分子、起了箇生祠、昨日老身打從祠前過、猪也有、人屎也有、陳最良、陳最良、你可也叫人掃刮一遭兒、到是杜小姐神位前、日逐添

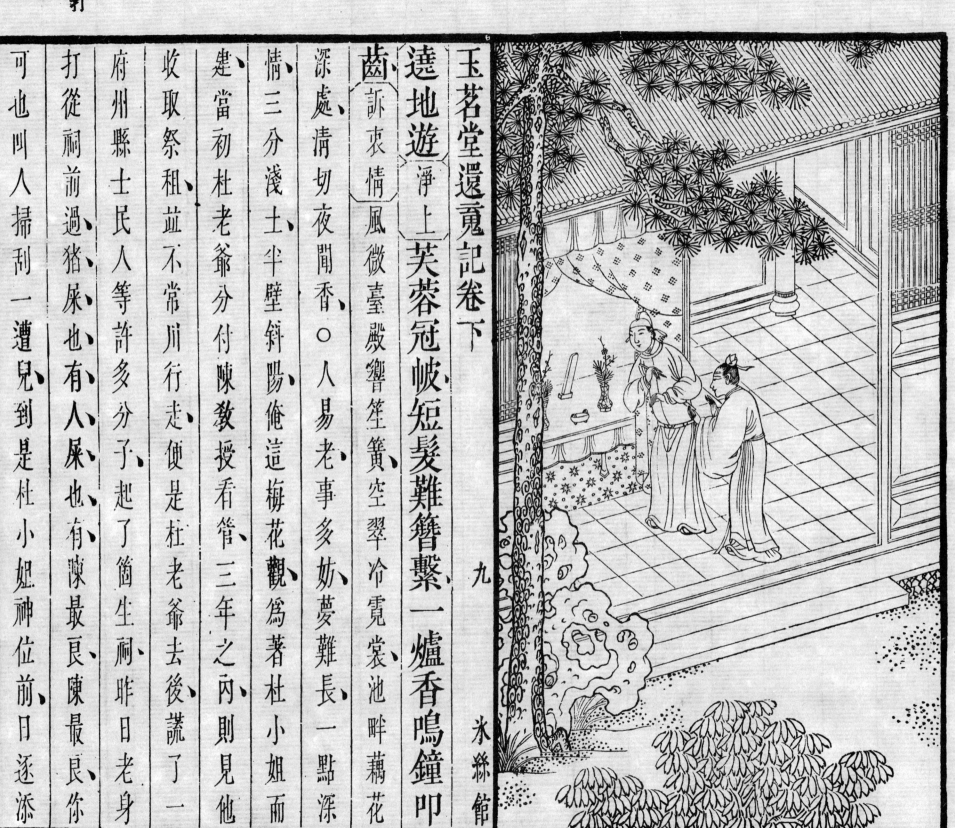

冰絲館加圈自到仙居下少病得苦惱一句

香換水、何等莊嚴清淨、正是天下、少信弔書子、世外有情持素人、

前腔【生上】幽期窨意、不是人間世、待聲揚徘徊了半日、【見介】【生】落花香覆紫金堂、【淨】你年少看花敢自傷、【生】弄玉不來人換世、【淨】麻姑一去海生霜、【生】老姑姑、小生自到仙居、不曾瞻禮寶殿、今日願求一觀、【淨】是禮、相引前行、【行到介】【淨】高處玉天金闕、下面東嶽夫人、南斗眞妃、【內鐘鳴生拜介】中天積翠玉臺遙、上帝高居絳節朝、遂有馮夷來擊鼓、始知秦女善吹簫、好

一座寶殿哩、怎生左邊這牌位上寫著杜小姐神王。是那位女王。【淨】是沒人題主哩、杜小姐、【生】杜小姐爲誰、

五更轉【淨】你說這紅梅院、因何置、是杜參知前所爲、麗娘原是他香閨女、十八而亡、就此攢瘞、他爺呵、陞任急、失題主、空牌位、【生】誰祭掃他、【淨】好墓田留下有碑記、偏他無主梨花、年年寒食、【生哭介】這等說起來、杜小姐是俺嬌妻呵、【淨驚介】秀才當眞、【生】千眞萬眞、【淨】這等你知他那日生、那日死、

明說了秀才事

亦可

前腔（生）俺未知他生焉知死死多年生此時（淨）幾時
得他死信（生）這是俺朝聞夕死了可人矣（淨）是夫妻
應你奉事香火（生）則怕俺未能事人焉能事鬼（淨）既
是秀才娘子可會會他來（生）便是這紅梅院做楚陽
臺偏倍了你（淨）是那一夜（生）是前宵你們不做美（淨）
驚介秀才著鬼了難道難道（生）你不信時顯箇神通
你看取筆來點的他主兒會動（淨）有這事筆在此（生）
點介看俺點石爲人靠夫作主你瞧你瞧（淨）驚介奇
哉奇哉主兒眞箇會動也小姐呵

前腔則道墓門梅立著箇沒字碑原來柳客神纏住
在香爐裏秀才既是你妻鼓盆歌盧墓三年禮（生）還
要請他起來（淨）你直恁神通敢閻羅是你（生）少些人
夫用（淨）你當夫他爲人堪使鬼（生）你也幫一鍬兒（淨）
大明律開棺見屍不分首從皆斬哩你宋書生是看
不著皇明例不比尋常穿籬挖壁（生）這箇不妨是小
姐自家主見
前腔是泉下人央及你箇中人誰似伊（淨）既是小姐
分付也待俺檢箇日子（看介）恰好明日乙酉可以開

又要鳴吠對又要牛不守塚冤家

本色

冰絲館加圈并評恍如已出

不可信其無下應添或者或者

似這等靈妙決決讓他一籌

消打

墳、〔生〕喜。金。雞。玉。犬。非。牛。日。則待尋箇人兒開山力士〔淨〕俺有箇姪兒癩頭黿可用只事發之時怎處〔生〕但回生免聲息停商議可有、偷香竊玉劫墳賊還一事小姐儻然回生要些定魂湯藥〔淨〕陳教授開張藥舖只說前日小姑姑黨了凶煞求藥安魂〔生〕煩你快去了、這七級浮屠豈同兒戲

濕雲如夢、雨如塵、崔魯　初訪城西李少君、陳羽

行到窈娘身沒處雍陶　手披荒艸看孤墳劉長卿

〔生下〕〔淨〕弔場介奇哉奇哉、怕沒這等事既是小姐分付、便喚姪兒備了鋤鍬俺問陳先生討藥去來寧可信其有、不可信其無、〔下〕

第三十四齣　詗藥

〔末上〕積年儒學理粗通書篋成精變藥籠家童喚俺老員外街方喚俺老郎中俺陳最良失館依然重開藥舖今日看有甚人來、

〔女冠子〕〔淨上〕人間天上道理都難講夢中虛誑更有人兒思量泉壤陳先生利市哩〔末〕老姑姑到來〔淨〕好舖面、這儒醫二字杜太爺贈的好道地藥材這兩塊

本艸

眞有時還手段搭著到手

土中甚用、末是寡婦牀頭土。男子漢有鬼怪之疾。清水調服良。淨這布片兒何用、末是壯男子的褲襠。婦人有鬼怪之病。燒灰喫了效。淨這等俺貧道牀頭三尺土、敢換先生五寸褲襠。末怕你不十分寡。淨啐、你敢也不十分壯。末罷了、來意何爲。淨不瞞你說、前日小道姑呵、

黃鶯兒年少不隄防、賽江神、歸夜忺、末著手了、淨知他著甚閒空曠被凶神煞黨年災月殃、瞑然一去無回向。末欠老成哩、淨細端詳、你醫王手段敢對的住、

活閻王。末是活的死的。淨死幾日了。末死人有口喫藥也罷、便是這燒襠散、用熱酒調下、

前腔海上有仙方、這偉男兒深褲襠、淨則這種藥、俺那裡自有、末則怕。姑姑記不起誰陽壯剪裁寸方燒灰酒娘敲開齒縫、把些兒放不尋常、安魂定魄賽過反精香。淨謝了、

還隨女伴賽江神 于鵠 爭奈多情足病身 韓偓

巖洞幽深門盡鎖 韓愈 隔花催喚女醫人 王建

第三十五齣 回生

【字字雙】（丑扮疙童持鍬上）猪尿泡疙疸偌盧胡、沒褲鏵鍬兒入的土花疎、沒骨活小娘不要去做鬼婆夫、沒路、偷墳賊拿倒做箇地官符、沒趣（笑介）自家梅花觀主家癩頭黿便是、觀主受了柳秀才之託、和杜小姐啓墳、好笑好笑、說杜小姐要和他這裡重做夫妻、管他人話鬼話。。。帶了些黃錢、掛在這太湖石上、點起香來、

【出隊子】（淨攜酒同生上）玉人何處、玉人何處、近墓西風老綠蕪、竹枝歌唱的、女郎蘇、杜鵑聲啼過錦江無、

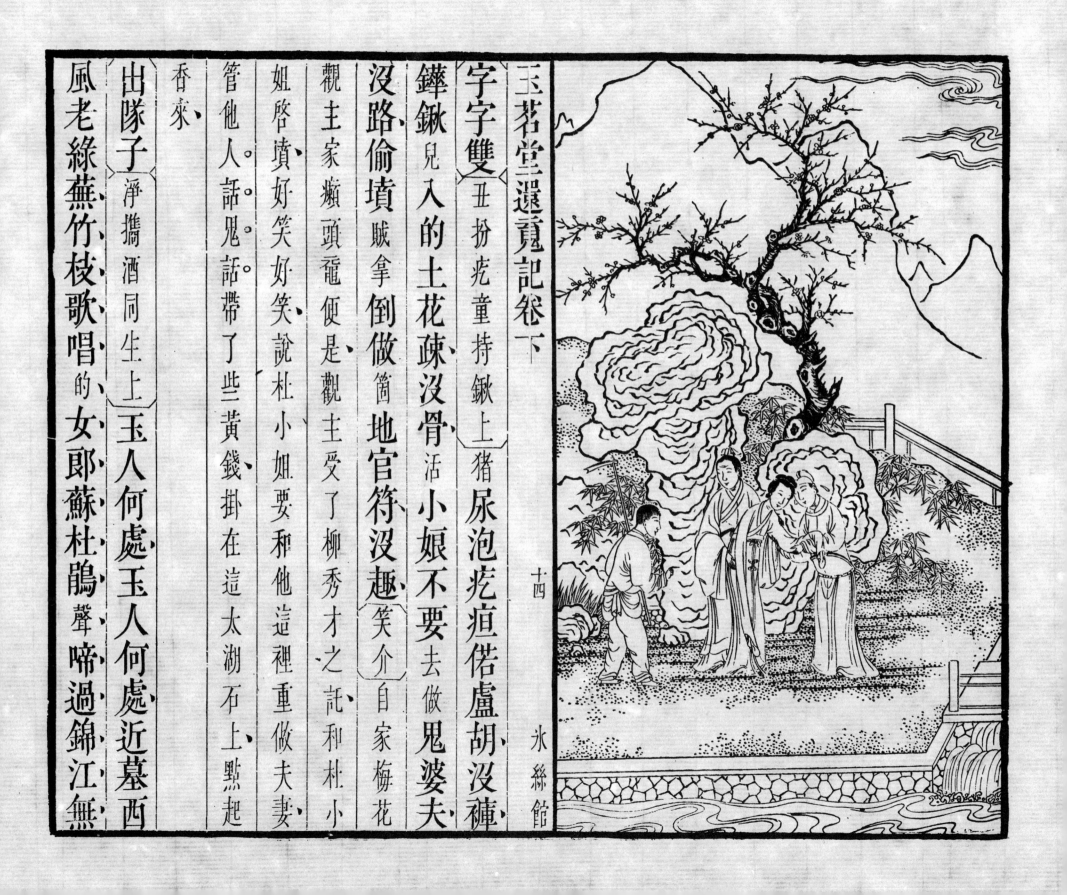

此中飄逸冰絲館加評丁子干支皆寄玉茗佳致

一窨愁殘三生夢餘（生）老姑姑、已到後園、只見半亭
瓦礫、滿地荆榛、繡帶重尋、裊裊藤花夜合、羅裙欲認、
青青蔓艸春長、則記的太湖石邊、是俺拾畫之處、依
稀似夢、恍惚如亡、怎生是好、（淨）秀才不要忙、梅樹下
堆兒是了、（生）小姐、小姐、好傷感人也、（哭介）（丑）哭甚的、趂時
節了、（燒紙介）（生拜介）巡山使者、當山土地、顯聖顯靈、
啄木鸝（生）開山紙艸面上鋪、烟罩山前紅地爐、（丑）敢
太歲頭上動土、向小姐脚跟挖窟、（生）土地公公、今日
開山、專爲請起杜麗娘、不要你死的、要箇活的、你爲

神正直應無妬。俺陽神觸煞俱無慮。要他風神笑語
都無二。便做著你土地公公女嫁吾、呀、春在小梅株、
好破土哩、
前腔（丑淨鍬土介）這三和土一謎鉏、（小姐呵）半尺孤
墳你在這的無、（生）你們十分小心、（看介）到棺了、（丑作
驚丟鍬介）到官沒活的了、（生搖手介）禁聲、（內旦作哎
喲介）（衆驚介）活鬼做聲了、（生）休驚了小姐、（衆蹲向鬼
門開棺介）（淨）原來釘頭銹斷子口登開、小姐敢別處
送雲雨去了、（內哎喲介）（生見旦扶介）（生）咳、小姐端然

也

跌來都成圓渾

語太早太多愚意且不及

唱

快雨堂云於曲刱當唱

緫分一境界妙妙

在此、異香襲人、幽姿如故、天也、你看正面上那些兒

塵漬斜空處。沒半米蚍蜉。則他𤸎幽香四片斑爛木

潤芳姿半榻黃泉路。養花身五色燕支土。扶旦軟𩨞

介生俺爲你款款偎將睡臉扶。休損了口中珠。旦作

嘔出水銀介丑二一塊花銀二十分多重、賞了癩頭罷、

生此乃小姐龍含鳳吐之精、小生當奉爲世寶、你們

別有酬犒、旦開眼歎介淨小姐開眼哩、生天開眼了、

小姐呵、

金蕉葉旦是真是虛、劣夢魂猛然驚遽、作掩眼介避

三光業眼難舒。怕一弄兒巧風吹去。生怕風怎好、淨

扶旦介且在這牡丹亭內進還魂丹、秀才剪襠、生剪

介丑待俺湊些加味還魂散、生不消了、快熱酒來、

鸎啼序調酒灌介玉喉嚨半點靈酥、旦吐介生芰也、

怎生呵落在胷脯、姐姐再進些、纔嚥下三箇多半口

還無覷介好了好了、喜春生顏面肌膚、旦覷介這些

都是誰、敢是些無端道途、弄的俺不著墳墓、生便是

柳夢梅、旦晤矇覷、怕不是梅邊柳邊人數、生有這道

姑爲証、淨小姐可認的貧道、旦看不語介

妙妙

前腔【淨】你乍回頭記不起俺這姑姑、【生】可記的這後花園。【旦】不語。【介】【淨】是了、你夢境模糊。【旦】只那箇是柳郎。【生】應【旦】作認【介】柳郎眞信人也。虧殺你撥艸尋蛇、虧殺你守株待兎。棺中寶玩收存、諸餘抛散池塘裏去【衆】丟去棺物【介】向人間別畫箇葫蘆、水邊頭洗除凶物。【衆】虧了小姐整整睡這三年【旦】流年度、怕春色、三分一分塵土。【生】小姐此處風露不可久停、好處將息去、

尾聲死工夫救了你活地獄、七香湯瑩了美食相扶、

【旦】扶往那裡去、【淨】梅花觀。【旦】可知道洗棺塵都是這高唐觀中雨。

天賜燕支一抹腮 羅隱　隨君此去出泉臺 景舜英

我來穿穴非無意 張祜　願結靈姻愧短才 潘雍

第三十六齣 婚走

意難忘【淨】扶【旦】上如笑如呆、歎情絲不斷、夢境重開、【淨】你驚香辭地府、輿櫬出天台。【旦】姑姑、俺強掙作軟哈哈、重嬌養、起這嫩孩孩、【合】尚疑猜、怕如烟入抱、似影投胎。畫堂春【旦】蛾眉秋恨滿三霜、夢餘荒塚斜陽、

玉茗堂還魂記卷下

土花零落舊羅裳睡損紅粧、〔淨〕風定彩雲猶怯火傳金碗重香、如神如鬼費端詳、除是高唐、〔旦〕姑姑奴家死去三年、為鍾情一點、幽契重生、皆虧柳郎和姑姑信心提救、又以美酒香酥、時時將養、數日之間、稍覺精神旺相、〔淨〕好了、秀才三回五次、央俺成親哩、〔旦〕姑姑這事還早、揚州問過了老相公老夫人、請箇媒人方好、〔淨〕好消停的話兒、這也由你、則問小姐前生事可記的些、

勝如花〔旦〕前生事、曾記懷、為傷春病害、困春遊夢境

天然調搭

難捱、寫、春容、那人兒拎在那勞、承那般頂戴、似盼天
仙盼的眼哈、似叫觀音叫的口歪。（淨）俺也聽見些、則
小姐泉下怎生得知、（旦）雖則塵埋、把耳輪兒熱壞感
一片志誠無奈、死淋侵走上陽臺、活森沙走出這泉
臺、（淨）秀才來哩、
生查子（生上）豔質久塵埋、又掙出這烟花界、你看他
含笑插金釵、擺動那長裙帶、（見介）麗娘妻、（旦羞介）（生）
姐姐、俺地窟裏扶卿做玉真、（旦）重生勝過父娘親、（生）
便好今宵成配偶、（旦）懵騰還自少精神、（淨）起前說精

神旺相、則瞞著秀才、（旦）秀才、可記的古書云、必待父
母之命、媒妁之言、（生）日前雖不是鑽穴相窺。早則鑽
墳而入了。小姐今日又會起書來、（旦）秀才、比前不同、
前夕鬼也、今日人也、鬼可虛情、人須實禮、聽奴道來、
勝如花 青臺閉。白日開。（拜介）秀才呵、受的俺三生禮
拜、待成親少箇官媒、（泣介）結盞的要高堂人在、（生）成
了親訪令尊令堂、有驚天之喜、要媒人道姑便是、（旦）
秀才忙待怎的、也曾落幾箇黃昏陪待、（生）今夕何夕、
（旦）直恁的急色秀才、（生）小姐搗鬼。（旦笑介）秀才搗鬼。

俱人意中語

得此一來纔逼緊

只管緊來方是懸崕斷索

不是俺鬼奴台粧妖作乖、生爲甚、旦羞介半死來回
怕的雨雲驚駭、有的是這人兒活在但將息俺半載
身材背介但消停俺半刻情懷
不是路末上深院閒堦、花影蕭蕭轉翠苔、扣門介人
誰在、是陳生探望柳君來衆驚介生陳先生來了、怎
好、旦姑姑、俺迴避去、下末忒奇哉、怎女兒聲息紗牕
外、硬抵門兒應不開、又扣門介生是誰、末陳最良、開
門見介生承車蓋、俺衣冠未整因遲待、末有些驚怪、
生有何驚怪、

前腔末不是天台、怎風度、嬌音隔院猜、淨上原來陳
齋長到來、生陳先生說裏面婦娘聲息則是老姑姑、
淨是了、長生會、蓮花觀裏一箇小姑來、末便是前日
的小姑麼、淨另是一衆、末好哩、這梅花觀一發興哩、
也是杜小姐冥福所致因此徑來相約、明午整箇小
盒兒同柳兒往墳上隨喜去暫告辭了、無閒謂、今朝
有約明朝在、酒滴青娥墓上回、生承拖帶、這姑姑點江
西不出箇茶兒待、卽來回拜、末慢來回拜、下生喜的陳
先生去了、請小姐有話、旦上介淨怎了怎了、陳先生

槐字也只取鬼

下宜旦語不記得更好快雨堂云元人之法如此

明日要上小姐墳去事露之時、一來小姐有妖冶之名、二來公相無閨閫之教、三來秀才坐迷惑之譏、四來老身招發掘之罪、如何是了、(旦)老姑姑待怎生好、(淨)小姐、這柳秀才待往臨安取應、不如、曲成親事、叫童兒尋隻贛船、夤夜開去以滅其踪、意下何如、(旦)這也罷了、(淨)有酒在此、你二人拜告天地、(拜)把酒介

榴花泣(生)三生一夢、人世兩和諧、承合卺送金杯、比墓田春酒、這新醅纔醱、轉人面桃腮、(旦悲介)傷春便埋似中山醉夢三年在、只一件來、看伊家龍鳳姿容、

怎配俺這土木形骸、(生)那有此話、

前腔相逢無路、良夜肯疑猜眠一柳、當了三槐、杜蘭香眞箇在讀書齋、則柳耆卿不是仙才、(旦歎介)幽姿暗懷被元陽鼓的這陰無賴、柳郎奴家依然還是女身、(生)已經數度幽期、玉體豈能無損、(旦)那是魂這纔是正身陪奉、伴情哥則是遊魂女兒身依舊含胎、(外扮舟子歌上)春娘愛上酒家子樓、不怕歸遲總弗子愁、推道那家娘子睡且留教住要梳子頭、(又歌)不論秋菊和那春子箇花、箇箇能噇空肚子茶、無事莫教

快雨堂加圈又加評生前生後事茫茫

冰絲館加評無非情至又評入字幽艷異常

頻入子庫、一名閒物他也要些子些、【丑】扮疙童上介
船船船臨安去、【外】來來來、【攏船介】【丑】門外船便、相公
纂下小姐班、【淨辭介】相公小姐小心去了、【生】小姐無
人伏侍、煩老姑姑同行、得了官時相報、【淨】俺不曾收
拾、【背介】事發相連、走為上計、【回介】也罷、相公賞姪兒
什麼、著他和俺收拾房頭、俺伴小姐去來、【丑】使得、【生】
便賞他這件衣服、【解衣介】【丑】謝了、事發誰當、【生】則推
不知便了、【丑】這等請了、禿廝兒、權充道伴、女冠子、眞、
當、梅、香、【下】

急板令【衆上船介】別南安孤帆夜開、走臨安把雙飛
路排、【旦悲介】【生】因何弔下淚來、【旦】嘆從此天涯嘆從
此天涯、三年此居、三年此埋、死不能歸活了纔回、
【合】問今夕何夕、此來魂脈脈意哈哈、
前腔【生】似倩女返魂到來、采芙蓉回生並載、【旦】歎介
【生】為何又弔下淚來、【旦】想獨自誰挨、想獨自誰挨翠
黯香囊、泥漬金釵、怕天上人間心事難諧、【合前】【淨】夜
深了、叫停船、你兩人睡罷、【生】風月舟中、新婚佳趣、其
樂何如、

快雨堂加圈

冰絲館加圈
又加評尖細

加評道破禪關

又點舟意

一撮掉藍橋驛。把渿河橋風月篩。〔旦〕柳郎、今日方知有人間之樂也七星版三星照兩星排、今夜阿、把身子兒帶情兒邁意兒挨〔淨〕你過河衣帶緊。請寬懷〔生〕看橫黛小船、兒禁重載、這歡眠自在。抵多少嚇魂臺。

〔尾聲〕〔生〕情根一點。是無生債〔旦〕嘆孤墳何處。是俺望夫臺。柳郎俺和你死裏淘生情似海

偷去須從月下移、吳融　好風偏似送佳期、陸龜蒙
傍人不識扁舟意、張蠙　惟有新人子細知。戴叔倫

第三十七齣 駭變

快雨堂云懶畫眉從無六字起句今按葉譜增一林字此等處定係傳寫之訛

【集唐】末上風吹不動頂垂絲。雍陶 吟背春城出草遲、朱慶餘 畢竟百年渾是夢、元稹 夜來風雨葬西施。韓偓 俺陳最良、只因感激杜太守爲他看顧小姐墳塋、昨日約了柳秀才墳上望去、不免走一遭。（行介）巖扉不掩雲長在、院徑無媒艸自深。待俺叫門、（叫介）呀、往常門兒重重掩上、今日都開在此、待俺參了聖、（看菩薩介）咳。冷清清沒香沒燈的呀、怎不見了杜小姐牌位。待俺問一聲老姑姑、（叫三聲介）俗家去了、待俺叫柳兒問他、（叫介）柳朋友、（又叫介）柳先生、一發不應了。（看介）嗄、柳秀

才去了、醫好了他來不參去不辭、沒行止、沒行止、待俺西房瞧瞧、咳喲、道姑也搬去了、磬兒、鍋兒、牀席、一些都不見了、怪哉、（想介）是了、日前小道姑有話、日昨又聽的小道姑聲息、於中必有柳夢梅勾搭事情、一夜去了沒行止、沒行止、由他由他、且後園看小姐墳去、（行介）

【懶畫眉】［林］深徑側老蒼苔、那幾所月榭風亭久不開、當時曾此葬金釵、（望介）呀、舊墳高高兒的、如今平下來了、緣何不見墳兒在、敢是狐兔穿空倒塌來。這太湖

不得概以隕越宮譜歸咎臨川也

襲錦哀玉一時搦管俱到

又是腐論語

石、只左邊靠動了些、梅樹依然、（驚介）咳呀、小姐墳被刼了也、

【朝天子】（放聲哭介）小姐天呵、是什麼、發塜無情短倖材、他、有多少金珠葬在打眼來、小姐你若早有人家也搬回去了、則爲玉鏡臺無分照泉臺好孤哉、怕蛇鑽骨樹穿骸、不隄防這災、知道了、柳夢梅嶺南人、慣會刼墳、將棺材放在近所、截了一角、爲記要人取贖、這賊意思、止不過說杜老先生聞知、定來取贖、想那棺材、只在左近埋下了、待俺尋、（見介）咳呀、這艸窩裏

不是硃漆板頭、這不是大銹釘、開了去、天呵、小姐骨殖丟在那裡、（望介）那池塘裏浮著一片棺材、是了、小姐尸骨拋在池裏去了、狠心賊也、

【普天樂】（問天介）天、你怎把他昆池碎劫無餘在、又不欠觀音鎖骨連環債、怎丟他水月魂骸、亂紅衣暗泣蓮腮、似黑月重拋業海、待車乾池水、撈起他骨殖來、怕浪淘沙碎玉難分派、到不如當初水葬無猜、賊眼腦生來毒害、那些箇憐香惜玉、致命圖財、先師云、虎兕出于柙、龜玉毁于櫝中、典守者不得辭其責、俺如今

先稟了南安府緝拿、星往淮揚報知杜老先生去、

【尾聲】石虔婆他古弄裏金珠曾見來、柳夢梅他做得箇破周書汲冢才。小姐呵你道他爲什麼向金蓋銀墻做打家賊。

邱墳發掘當官路 韓愈　春艸茫茫墓亦無 白居易

致汝無辜由我罪 韓愈　狂眠恣飲是凶徒 僧子蘭

第三十八齣 淮警

【霜天曉角】淨引衆上 英雄出衆鼓譟紅旗動三年繡甲錦蒙茸彈劍把雕鞍斜鞚 俺溜金王奉大金之命、

快雨堂加評
此種荒卒處

騷動江淮三年、打聽大金家兵糧湊集、將次南征、教俺淮揚開路、不免請出賤房計議、中軍快請、（衆叫介）「大王叫箭坊（老旦扮軍人持箭上）箭坊俱已造完（淨笑惱介）狗才怎麼說（老旦）大王說請出箭坊計議（淨）狐說俺自請楊娘娘是你箭坊（老旦）楊娘娘是大王箭坊小的也是箭坊（淨喝介）」

前腔（丑上）帳蓮深擁壓寨的陰謀重、（見介）大王興也、你夜來鏖戰好粗雄、困的俺垓心沒縫、大王夫、俺睡倦了、請俺甚事商量、（淨）聞的金主南侵、教俺攻打淮

揚、以便征進、思想揚州有杜安撫鎮守、急切難攻、如何是好、（丑）依奴家所見、先圍了淮安、杜安撫定然赴救、俺分兵揚州、斷其聲援、於中取事、（淨）高高娘娘這計、李全要怕了你、（丑）你那一宗兒不怕了奴家、（淨）罷了、未封王號時、俺是箇怕老婆的強盜、封王之後、也要做怕老婆的王、（丑）著了、快起兵去攻打淮城

錦上花擺轉磨旗峯、促緊先鋒、千兵擺列、萬馬奔沖、鼓通通鼓通通、鼓通通通譟的那淮揚動、

前腔軍中母大蟲、綽有威風、連環陣勢、烟粉牢籠、哈

非大家不辦袁籜菴萬紅友輩俱未夢見李笠翁更不足道

快雨堂云唐多令句讀如此淸暉與三婦俱誤以吹字爲句音律文義皆舛

哄哄、哈哄哄哄的淮揚動、〔丑〕滿金土聽分付、軍到處、
不許你搶占半名婦女如違定以軍法從事、〔淨〕不敢、

日暮風沙古戰場 王昌齡 軍營人學內家妝 司空圖
如今領帥紅旗下 張建封 擘破雲鬟金鳳凰 曹唐

第三十九齣 如杭

唐多令〔生上〕海月未塵埋、〔旦上〕新妝倚鏡臺、〔生〕捲錢塘風色破書齋、〔旦〕夫、昨夜天香雲外吹桂子月中開、〔生〕夫妻客旅悶難開、〔旦〕待與提壺酒一杯、〔生〕江上怒潮千丈雪、〔旦〕好似禹門平地一聲雷、〔生〕俺和你夫妻

快雨堂云此曲今訂爲鴈過江襯字照鴈過聲標寫而牌名不改以存舊觀

快雨堂加圈又評尋常話耳不知何故惻惻動人

冰絲館加圈又評微婉

相隨、到了臨安、京都地面、賃下這所空房、可以理會書史、爭奈試期尚遠、客思轉深、如何是好、（旦）早上分付姑姑買酒一壺、少解夫君之悶、尚未見回、（生）生受了、娘子、一向不曾詰及、當初只說你是西鄰女子、誰知感動幽冥、匆匆成其夫婦、一路而來、到今不曾請教、小姐可是見小生於道院西頭、因何詩句上不是梅邊是柳邊、就指定了小生姓名、這靈通委是怎的、（旦笑介）柳郎、俺說見你於道院西頭是假、俺前生呵、

【江兒水】偶和你後花園曾夢來、擎一朶柳絲兒要俺

把詩篇賽、奴正題咏間、便和你牡丹亭上去了、（生笑介）可好呢、（旦笑介）咳、正好中間、落花驚醒、此後神情不定、一病奄奄、這是聰明反被聰明帶、眞誠不得眞誠在寃親做下、這寃親債一點色情難壞、再世爲人、話做了兩頭分拍、

【前腔】（生）是話兒聽的都呆答孩、則俺爲情癡信及你人兒在、還則怕邪淫惹動陰曹怪、忌亡墳觸犯陰陽戒、分書生領受陰人愛、勾的你色身無壞出土成人又看見這帝城風采、（淨提酒上）路從丹鳳城中過、酒

冰絲館云偵諸本俱誤貞今從三婦本改訂

向金魚館內沽呀、相公小姐不知、俺在江頭沽酒、看見各路秀才、都赴選場去了、相公錯過天大好事、（生）旦作怔介（旦）相公只索快行、（淨）這酒便是狀元紅了、

小措大（旦把酒介）喜的一宵恩愛、被功名二字驚開、好開懷這御酒三杯、放著四嬋娟人月在。立朝馬五更門外、聽六街裏喧傳人氣槩、七步才蹬上了寒宮八寶臺。沉醉了九重春色。便看花十里歸來。

前腔（生）十年。窗下。遇梅花凍九。纔開。夫貴妻榮。八字安排。敢你七香車穩情載。六宮宣有你朝拜、五花誥封你非分外。論四德。似你那三從結願諧。二指大泥金報喜、打一輪皂蓋飛來、（旦）夫記的春容詩句、

尾聲 盼今朝得傍你蟾宮客、你和俺倍精神金階對策、高中了、同去訪你丈人丈母、呵則道俺從地窟裏登仙、那大喝采、

良人的的有奇才 劉氏　恐失佳期後命催 杜甫
紅粉樓中應計日 杜審言　遙聞笑語自天來 李端

第四十齣 僕偵

孤飛鴈（淨扮郭駝挑担上）世路平消長、十年事老頭

快雨堂云孤飛雁首句按譜應七字句

兒心上、柳郎君翰墨人家長、無營運、單承望、天生天養果樹成行、年深樹老、把園圍抛漾、你索在何方好沒主量悽惶、遊上他身衣口糧、家人做事興、全靠主人命、主人不在家、園樹不開花、俺老駝一生依著柳相公種果爲生、你說好不古怪、柳相公在家、一株樹上著百十來箇果兒、自柳相公去後、一株樹上生百十來箇蟲、便狐亂長幾箇果、小厮們偷箇盡、老駝無主、被人欺負、因此發箇老狠、體探俺相公過嶺北來了、在梅花觀養病、直尋到此、早則南安府大封條封了觀門、聽的邊廂人說道、婆爲事走了、有箇姪兒癩頭黿、小西門住、找他去、〔行介〕抹過大東路、投至小西門、〔下〕

【金錢花】〔丑扮疙童披衣笑上〕自小疙辣、郎當、郎當、官司拿俺爲姑娘、姑娘、姑娘盡了法、腦皮撞得了命、賣了房、充小厮、串街坊、若要人不知、除非己不爲、自家癩頭黿便是、這無人所在、表白一會、你說姑娘和柳秀才那事幹得好、又走得好、只被陳教授那狗才稟過南安府、拿了俺去、拷問姑娘那裡去了、刦了杜小姐墳

理、你道俺更不聰明、却也頗頗的、則掉著頭不做聲、
那烏官喝道、馬不弔不肥、人不拶不直、把這廝上起
腦箍來、哎也哎也、好不生疼、原來用刑人先撈了俺
一架金鐘玉磬、替俺方便、稟說這小廝夾出腦髓來
了、那烏官喝道、撚上來瞧、瞧了、大鼻子一颩、說道這
小廝眞箇夾出腦漿來了、不、知、是、俺。癩。頭。上膿叫鬆
了刑、著保在外、俺如今有了命、把柳相公送俺這件
黑、海、青、擺、將、起、來、（唱介）擺搖、搖擺、擺搖、沒人所在被
俺擺過子橋、（淨向前叫揖介）小官唱喏、（丑作不回揖

大笑唱介）俺小官子腰閃價、唱不的子喏、比、似、你、箇、
駝、子、唱、喏、則、當、伸、子、箇、腰、（淨）這賊種、開戶傷人、難道
做小官的背偏不駝、（丑）刮這駝子嘴、偷了你什麼賊、
（淨作認丑衣介）別的罷了、則這件衣服、嶺南柳相公
的、怎在你身上、（丑）咳呀、難道俺做小官的、就沒件乾
淨衣服、便是嶺南柳家的、隔這般一道梅花嶺、誰見
俺偷來、（淨）這衣帶上有字、你還不認、叫地方、（扯丑作
怕倒介）罷了、衣服還你去囉、（淨）要哩、俺正要問一箇
人、（丑）誰、（淨）柳秀才那裡去了、（丑）不知、（淨三問丑三不

知介淨你不說叫地方去、丑罷了、大路頭難好講話、演武廳去、行介淨好箇僻靜所在、丑咦、柳秀才到有一箇、可是你問的不是、你說得像、俺說你說不像、休想叫地方、便到官司、俺也只是不說、淨這小廝到不是賊、聽俺道來、

尾犯序提起柳家郎、他俊白麗兒典雅行裝、丑是了、多少年紀、淨論儀表看他三十不上、丑是了、你是他什麼人、淨他祖上傳留下俺栽花種糧、自小兒俺看成他快長、丑原來你是柳大官、你幾時別他、知他做出甚事來、淨春頭別、跟尋至此、聞說的不端詳、丑這

老兒說的一句句著老兒、若論他做的事、咦、丑作扯淨耳語淨聽不見介丑呸、左則無人、要他去、老兒你聽者、

前腔他到此病郎當、逢著箇杜太爺衙教小姐的陳秀才、勾引他養病菴堂、去後園遊賞、淨後來、丑一遊遊到杜小姐墳兒上、拾的一軸春容、朝思暮想、做出事來、淨怎的來、丑秀才家爲眞當假、劫墳偷壙、淨驚介這却怎了、丑你還不知、被那陳教授稟了官、圍住

本等服色家常飯只覺受用不完

水絲館云山陰所評正是琵琶神境

起得眉抗

觀門、拖番柳秀才、和俺姑娘行了杖、棚毬楼壓、不怕不招點了供紙、解上江西提刑廉訪司、問那六案都孔目、這男女應得何罪、六案請了律令、稟復道、但偷墳見屍者、依律一秋、【淨】怎麼秋、【丑】作按淨頭【介】這等秋、【淨】驚哭【介】俺的柳秀才阿、老駝沒處投奔了、【丑】笑【介】休慌、後來遇赦了、便是那杜小姐活轉來哩、【淨】有這等事、【丑】活鬼頭、還做了、秀才正房、俺那死姑娘到做了梅香伴當、【淨】何往、【丑】臨安去送他上路、賞這領舊衣裳、【淨】嚇俺一跳、却早喜也、

尾聲去臨安定是圖金榜、【丑】著了、【淨】俺勒掙著軀腰走帝鄉、【丑】老哥、你路上精細些、現如今一路裏畫影圖形捕兇黨

尋得仙源訪隱淪 朱灣　郡城南下是通津 柳宗元

衆中不敢分明說 于鵠　遙想風流第一人 王維

第四十一齣　耽試

鳳凰閣【淨扮苗舜賓引衆上】九邊烽火咤、秋水魚龍怎化、廣寒丹桂吐層花、誰向雲端折下、【合】殿闈深鎖取試卷看詳回話、【集唐】鑄時天匠待英豪、譚用之 引手何

寓言也誠言也

妨一釣鼇。李咸用 報答春光知有處。杜甫 文章分得鳳凰毛。薛濤

下官苗舜賓便是、聖上因俺香山能辨番回寶色、欽取來京典試、因邊疆多故、臨軒策士、問和戰守三者孰便、各房俱已取中頭卷、聖旨著下官詳定、想起來看寶易。看文字難。為什麼來、俺的眼睛、原是猫兒睛、和碧綠琉璃水晶無二。因此一見真寶、眼睛火出、說起文字。俺眼裏從來沒有。如今却也奉旨無奈。左右、開箱取各房卷子上來、〔衆取卷上淨作看介〕這試卷好少也、且取天字號三卷、看是何如、第一卷、詔問

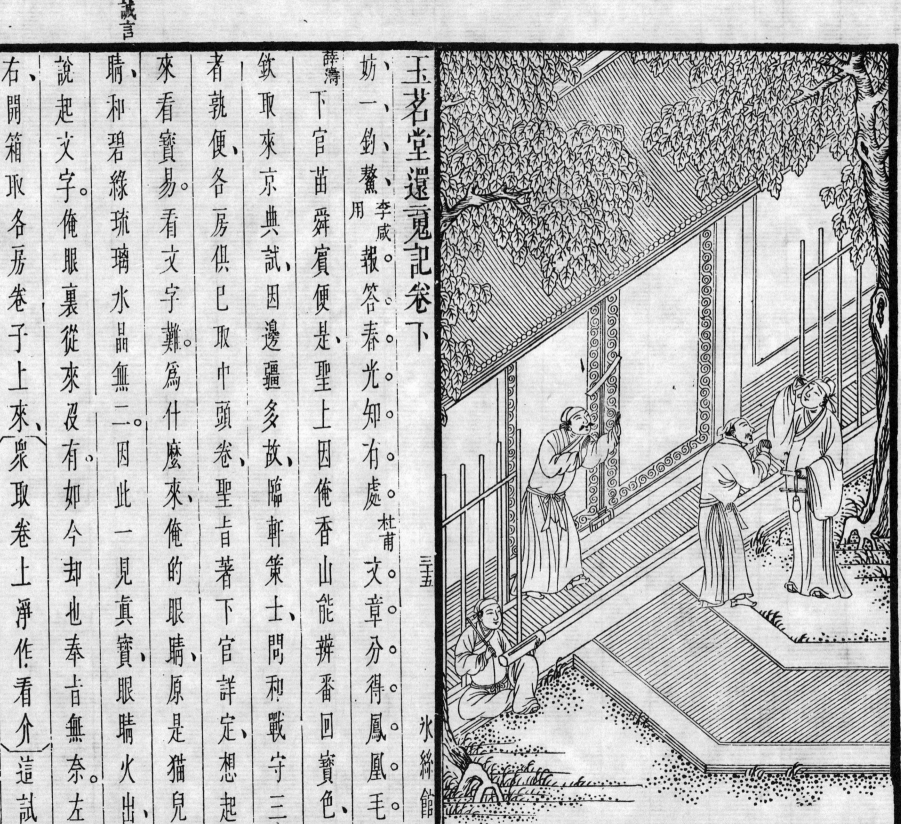

滿口譚說鬪
情打趣甚麼
實心實政

輕薄死人

和戰守三者孰便、臣謹對、臣聞國家之和賊如里老之和事、呀、里老和事、和不的、罷國家事、和不來怎了、本房擬他狀元、好沒分曉、且看第二卷、這意思主守、（看介）臣聞天子之守國如女子之守身也、比的小了、再看第三卷、到是主戰、（看介）臣聞南朝之戰北如老陽之戰陰、此語忒奇、但是周易有陰陽交戰之說、以前主和、被秦太師誤了、今日權取主戰者第一、主守者第二、主和者第三、其餘諸卷以次而定、

一封書（淨）文章五色訛、怕冬烘頭腦多、總費他墨磨、

筆尖花無一箇、恁這裡龍門日月開無那、都待要尺水翻成一丈波、却也無奈了、也是浪桃花當一科池裏無魚可奈何、（封卷介）

神仗兒（生上）風塵戰鬬、風塵戰鬬、奇材輻輳、（丑）秀才來的停當、試期過了、（生）呀、試期過了、文字可進呈麼、（丑）不進呈、難道等你、道英雄入彀、恰鎖院進呈時候、（生）怕沒有狀元在裏、（丑）不多、有三箇了、（生）萬馬爭先、偏驊騮落後、你快稟、有箇遺才狀元求見、（丑）這是朝房裏面、府州縣道告遺才哩、（生）大哥、你真箇不稟、（哭

也還他箇譚諭

介天呵、苗老先賫發俺來獻寶、止不住卞和羞、對重瞳雙淚流、淨聽介掌門的、這什麽所在、拿過來、丑扯生進介生告遺才的、望老大人收考、淨叹也、聖旨臨軒、翰林院封進、誰敢再收、生哭介生員從嶺南萬里帶家口而來、無路可投、願觸金堦而死、生起觸堦丑止介淨、背、介、這秀才像是柳生、眞乃南海遺珠也、回介秀才上來、可有卷子、生卷子備有、淨這等姑准收考、一視同仁、生跪介千載奇遇、淨念題介聖旨問汝多士、近日邊疆未靖、惟有和戰守三策、其便何如、生

叩頭介領聖旨、起介丑東席舍去、生寫策介淨再將前卷細看介頭卷主戰、二卷主守、三卷主和、主和的怕不中聖意、生交卷淨看介呀、風簷寸晷、立掃千言、可敬可敬、俺急忙難看、只說和戰守三件、你主那一件兒、生生員也無偏主、天下大勢、能戰而後能守、能守而後能戰、可戰可守而後能和、如醫用藥、戰爲表守爲裏、和在表裏之間、淨高見高見、則當今事勢何如、

馬蹄花生當今呵、寶駕遲留、則道西湖晝錦遊、爲三

妙恰

秋桂子、十里荷香、一段邊愁、則願的吳山立馬那人休。俺燕雲唾手何時就。若止是和呵、小朝廷羞殺江南、便戰守呵請鑾輿略近神州。淨秀才言之有理、

前腔聖主垂旒、想泣玉遺珠一網收。對策者千餘人、那些不知時務、未曉天心、怎做儒流。似你呵、三分話、點破帝王憂、萬言策、檢盡乾坤漏。生小生嶺南之士。淨低介知道了。你釣竿兒拂綽了珊瑚、敢今番著了鰲頭。秀才、午門外候旨。生應出背介這試官卻是苗老大人、嫌疑之際、不敢相認、且當清鏡明開眼、惟願

朱衣暗點頭。生下淨試卷俱已詳定、左右跟隨進呈去。行介絲綸閣下文章靜、鐘鼓樓中刻漏長。呀、那裡鼓響。內急擂鼓介丑是樞密府樓前邊報鼓、內馬嘶介淨邊報警急、怎了怎了。外扮老樞密上花萼夾城通御氣。芙蓉小苑入邊愁。見介淨老先生奏邊事而來。外便是、先生爲進卷而來、淨正是。外今日之事、以緩急爲先後、僭了。外叩頭奏事介掌管天下兵馬知樞密院事臣謹奏、俺主。內宣介所奏何事、

滴溜子外邊關的、邊關的風聞入寇。內誰是先鋒、外

李全的李全的前來戰鬬、（內）到什麼地方了、（外）報到了淮揚左右（內）何人可以調度、（外）有杜寶現爲淮揚安撫、怕孤城早晚休、要星忙廝救、（淨）叩頭奏事介臣看卷官苗舜賓謹奏俺主、

（前腔）臨軒的臨軒的文章看就呈御覽呈御覽定其卷首、黃道日傳臚祇候、衆多官在殿頭、把瓊林宴備久（內）奏事官午門外伺候、（外淨同起介）（淨）老先生、聽的邊兵爲何而動、（外）適纔不敢奏知、此次興兵、單爲來搶占西湖美景、（淨）好癡子、西湖是俺大家受用的

若搶了西湖去、這杭州通沒用了（內宣介）聽旨、朕惟治天下、有緩有急、乃武乃文、今淮揚危急、便著安撫杜寶前去迎敵、不可有遲、其傳臚一事、待干戈寧集、偃武修文、可諭知多士、叩頭、（外淨叩頭呼萬歲起介）

澤國江山入戰圖、曹松　曳裾終日盛文儒 杜甫
多才自有雲霄望 錢起　其奈邊防重武夫 杜牧

第四十二齣　移鎮

（夜遊朝）（外扮杜安撫引衆上）西風揚子津頭樹、望長淮、渺渺、愁予、桄障江南、鉤連塞北、如此江山幾處、（外）訴

悲壯雄貼

衷情砧聲又報一年秋。江水去悠悠。塞艸中原何處。一鴈過淮樓。天下事。髩邊愁。付東流。不分吾家小杜。清時醉夢揚州。自家淮揚安撫使杜寶、自到揚州三載、雖則李全騷擾、喜得大勢平安、昨日打聽邊兵要來下官十分憂慮、可奈夫人不解事、偏將亡女絮傷、心、

似娘兒〔老旦引貼上〕夫主挈兵符、也相從燕幙栖遲、〔嘆介〕畫屏風外秦淮樹、看兩點金焦、十分着恨片影江湖、〔老旦〕相公萬福、〔外〕夫人少禮、〔玉樓春〕〔老旦〕相公

幾年別下南安路、春去秋來朝復暮、〔外〕空懷錦水故鄉情、不見揚州行樂處、〔老旦〕你摩挲老劍評今古那箇英雄閒處住、〔淚介〕〔合〕忘憂恨自少宜男淚灑嶺雲江外樹、〔老旦〕相公俺提起亡女你便無言豈知俺心中愁恨、一來爲苦傷女兒二來爲全無子息、待趁在揚州尋下一房與相公傳後、尊意何如、〔外〕使不得部民之女哩、〔老旦〕這等過江金陵女兒可好、〔外〕當今王事匆匆、何心及此、〔老旦〕苦殺俺麗娘兒也、〔哭介〕淨扮報子上〕詔從日月威光遠、兵洗江淮殺氣高、稟老爺、

有朝報、外起看報介樞密院一本、爲邊兵寇淮事、奉
聖旨、便著淮揚安撫使杜寶刻日渡淮、不許遲誤、欽
此、呀、兵機緊急、聖旨森嚴、夫人、俺同你移鎭淮安、就
此起程了、丑扮驛丞上、羽檄從參贊、牙籤報驛程、稟
老爺、船隻齊備、内鼓吹介、上船介、内稟合屬官吏候
送、外分付起去介、外夫人、又是一江秋色也、
長拍天意秋初、天意秋初、金風微度、城闕外畫橋烟
樹、看初收潑火、嫩涼生、微雨沾裾、移畫舸浸蓬壺、報
潮生風氣肅、浪花飛吐、點點白鷗飛近渡、風定也落
日搖帆映綠蒲、白雲秋窣的鳴簫鼓、何處菱歌喚起

江湖、外呀、岸上跑馬的什麼人、
不是路末扮報子跑馬上馬上傳呼、慢櫓停船看羽
書、外怎的來、末那淮安府李全將次逞狂圖、外可發
兵守禦、末怎支吾、星飛調度憑安撫、則怕這水路裏
耽延、你還走早途、外休驚懼、夫人、吾當走馬紅亭路
你轉船歸去、轉船歸去、老旦咳、後面報馬又到哩、
前腔丑扮報子上萬騎喧呼、他要塹斷長淮塞五湖、
老爺快行、休遲誤、小的先去也、怕圍城緩急事難圖、

下老旦哭介待何如、你、星霜滿鬢當戎虜、似這烽火
連天各路衢、外眞愁促、怕揚州隔斷無歸路、再和你
相逢何處相逢何處、夫人就此告辭了、揚州定然有
警、可徑走臨安、

短拍老影分飛老影分飛、似參軍杜甫把山妻泣向
天隅、老旦哭介無女一身孤、亂軍中別了夫主、合有
什麼命夫命婦、都是些鰥寡孤獨、生和死圖的箇夢、
和書、

尾聲老旦老、殘生兩下裏自支吾、外俺做的是這地

頭軍府、老旦老爺也珍重你這滿眼兵戈一腐儒、外
下老旦嘆介天呵、看揚州兵火滿道、春香和你徑走
臨安去也、

隋堤風物已凄涼吳融　楚漢寧教作戰場韓偓
閶闔不知戎馬事薛濤　雙雙相趁下殘陽羅鄴

第四十三齣　禦淮

六幺令外引生末扮衆軍行上西風揚譟、漫騰騰殺
氣兵妖、望黃淮秋捲浪雲高、排鴈陣展龍韜、斷重圍
殺過河陽道、外走乏了、衆軍士前面何處、衆淮城近

了、外望介天呵、耶君怨剩得江山一半。又被邊笳吹
斷。衆秋艸舊長營。血風腥。外聽得猿啼鶴怨。淚濕征
袍如汗。衆老爺呵、無淚向天傾。且前征。外衆三軍俺
的兒、你看咫尺淮城、兵勢危急、俺們一邊捨死先衝
入城、一面奏請朝廷添兵救助、三軍聽吾號令、鼓勇
而行、衆哭介謹如軍令、
四邊靜行介坐鞍心把定中軍號、四面旌旗遶旗開
日影搖塵、迷日光小、合邊兵氣驕、南兵路遙血暈幾
重圍、孤城怎生料、外前面寇兵截路、衝殺前去、合下

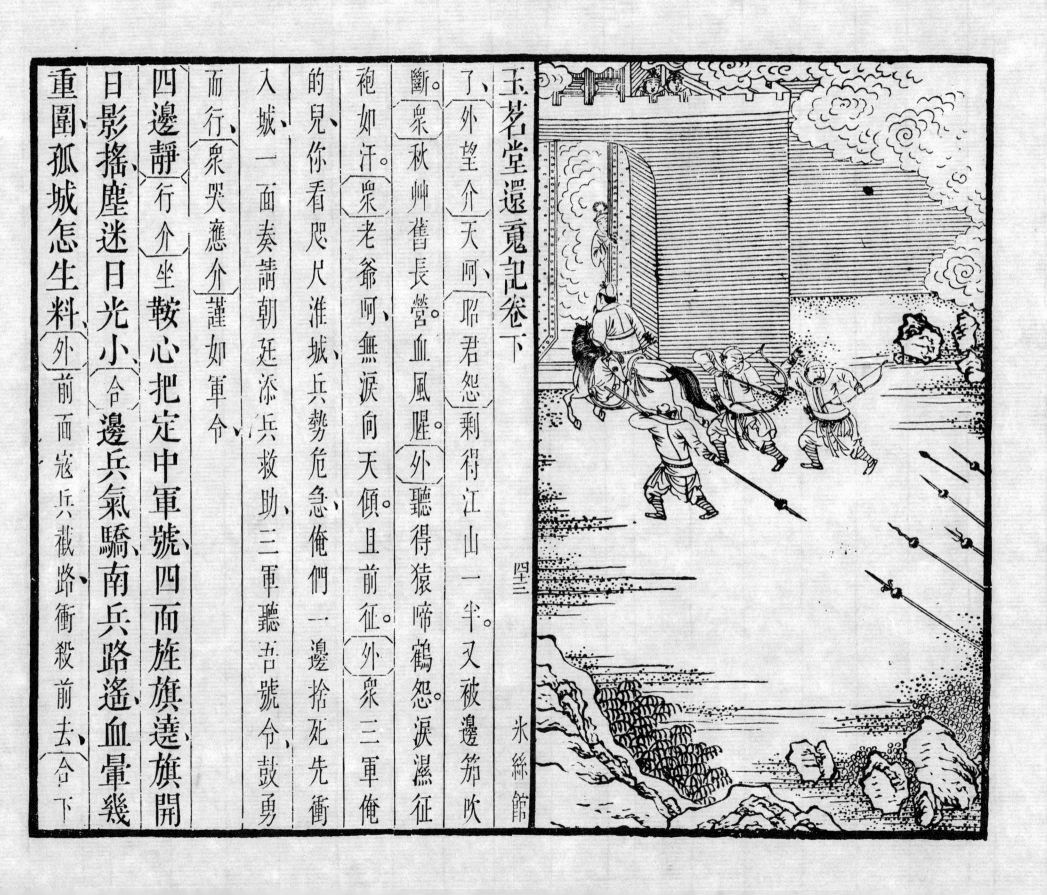

〔前腔〕淨引丑貼扮衆軍喊上〔李〕將軍射鴈穿心落、豹子翻身嚼單尖寶鐙挑、把追風驌旗兒裊、〔合前〕〔淨笑介〕你看我溜金王手下、雄兵萬餘、把淮陰城圍了七週遭、好不緊也、〔內擂鼓喊介〕〔淨〕呀、前路兵風、想是杜安撫來到、分兵一千、迎殺前去、〔虛下〕外衆唱合前上〔淨衆上打話單戰介〕〔淨叫衆擺長陣攔路介〕〔外叫衆〕軍衝圍殺進城去〔介〕〔淨〕呀、杜家兵衝入圍城去了、且由他、喫盡糧艸、自然投降也、〔合前〕〔下〕

〔番卜算〕老旦末扮文官上〔鎮〕日陣雲飄、閃却烏紗帽、

淨丑扮武官上〔淨〕長鎗大劒把河橋、〔丑〕鼓角如龍叫、〔見介〕請了、更漏子〔老旦〕枕淮樓、臨海際、〔末〕殺氣騰天震地、〔丑〕聞砲鼓、使人驚、揷天飛不成、〔淨〕俺中劒腰間箭、領取背城一戰、〔合〕愁地道、怕天衝、幾時來杜公、〔老旦〕俺們是淮安府行軍司馬和這參謀、都是文官、遭此賊兵圍緊、久已迎取安撫杜老大人、還不見到、敢問二位留守將軍、有何計策、〔丑〕依在下所見、降了他罷、〔末〕怎說這話、〔丑〕不降、走爲上計、〔老旦〕走的一丁、走不的十箇、〔丑〕這般說、俺小奶奶那一戶放那裏、〔淨〕鎖

放大櫃子裏、丑鑰匙呢、淨放俺處、李全不來、替、你、托、妻、寄、子、丑李全來呪、淨替、你、出、妻獻子、丑好朋友、好朋友、內擂鼓喊介生扮報上報報報、正南一枝兵馬、破圍而來、杜老爺到也、衆快開城迎接去、天地日流血、朝廷誹請纓、並下

金錢花外引衆上連天殺氣蕭條、蕭條連城圍了週遭週遭、風喇喇、陣旗飄叫開城、下弔橋、老旦等上合文和武、索迎著、老旦等跪介文武官屬、迎接老大人外起來敵樓相見、老旦等應下

前腔外邊塵染惹征袍、征袍血花風腥寶刀、寶刀內擂鼓介淮安鼓、揚州簫、擺鑾旗登麗譙、合排衙了列功曹、到介貼扮辦官上稟老爺升坐、

粉蝶兒引外萬里寄龍韜、那得戍樓清嘯、貼報門介文武官屬進、老旦等參見介孤城纍卵、方當萬死之危、開府弄丸、來赴兩家之難、凡俺官僚禮當拜謝、外兵鋒四起、勞苦諸公、皆老夫遲慢之罪、只長揖便了、衆應起揖介外看來此賊頗有兵機、放俺入城、其中有計、衆不過穿地道、起雲梯、下官相知備禦、外怕的

是鎖城之法耳、(丑)敢問何謂鎖城、是裏面鎖、外面鎖、外面鎖鎖住了溜金王、若裏面鎖、連下官都鎖住了、(外)不提起罷了、城中兵幾何、(淨)一萬三千、(外)糧艸幾何、(末)可支半年、(外)文武同心、救援可待、(內擂鼓喊介生扮報子上)報報李全兵緊圍了、(外長嘆介)這賊好無理也、

刻鍬兒 兵多食廣禁圍遶、則要你文班武職兩和調、(衆)巡城徹昏曉、這軍民苦勞、(內喊介泣介合)那兵風正號、俺軍聲靜悄、(外拜天衆扶同拜介)淚洒孤城、把

蒼天暗禱、

前腔 (衆)危樓百尺堪長嘯、籌邊兩字寄英豪、(外)江淮未應小君侯佩刀、(合前)(外)從今日起、文官守城、武官出城、隨機策應、

尾聲 他看頭勢而來不定交、休先倒折了趙家旗號、便來呵、也少不得死裏求生那一著敲、

日日風吹鐵騎塵 陳標　三千犀甲擁朱輪 陳陶

胷中別有安邊計 曹唐　莫遣功名屬別人 張籍

第四十四齣 急難

菊花新〔旦上〕曉妝臺圓夢鵲聲高、悶把金釵帶笑敲、博山秋影搖、盼泥金俺明香暗焦、鬼魂求出世、貧落望登科、夫榮妻貴顯、凝盼事如何、俺杜麗娘跟隨柳郎科試、偶逢天子招賢、只這些時還遲喜報、正是長安咫尺如千里、夫壻迢遙第一人、

出隊子〔生上〕詞場湊巧、詞場湊巧、無奈兵戈起禍苗、盼泥金賺殺玉多嬌、他待地窟裏隨人上九霄、一脈離魂江雲暮潮、〔見介〕〔旦〕柳郎你回來了、望你高車晝錦、爲何徒步而回、〔生〕聽俺道來、